돌의 부드러움

마리옹 파욜

이세진 옮김

북스토리

아빠의 허파 한쪽을 묻었다.

봄날이었고, 나무에는 버찌가 잔뜩 열려 있었으며,

자연은 참 아름다웠다.

그러나 우리는 예식에 참석하기 위해 전부 검은 옷을 차려입었다.

온 가족이 모였다.

흰옷 입은 사람들이 거대한 허파를 어깨에 졌다.

우리와 함께 아빠도 자기 몸의 일부를 장례 치렀다.

몇몇은 손수건을 들고 훌쩍거렸다.

어떤 이들은 장례 행렬을 따라가면서도 우리 아버지의 한 조각이

이제 영원히 사라졌고, 머지않아 다른 부분들도 하나하나 떨어져

나가 결국 몸뚱이 전체가 땅속에 묻히리라는 것을 실감하지 못했다.

병들어 쓸모없게 됐다는 허파는 몹시 무거워 보였다.
아빠는 맨 앞에 서서 그 광경을 매우 초연하게 바라보았다.

아빠는 그 상황에서 웃음을 터뜨린 유일한 사람이었다.
아빠는 그 유기물이 정말로 자신의 일부라고 생각하지 않았다.
그래도 몸이 한결 가벼워진 느낌은 들었을 것이다.

거대한 허파를 옮기는 데만 세 사람이 매달려야 했다.
허파는 바윗덩이만큼 무거운 듯했다.
나는 아빠의 거동이 달라지지 않았는지 눈여겨보았다.

아빠 몸은 이제 대칭이 맞지 않았다.
왼쪽보다 오른쪽이 훨씬 더 무거울 테니까.
내가 눈여겨보긴 했지만 아빠 걸음걸이는 예전과 똑같았다.
어디 한 군데 부족한 기색은 전혀 보이지 않았다.

어쩌면 아빠는 그 허파가 자기 것이 아니라서,
이 모든 일이 취향 고약한 농담 같아서 그렇게 웃었는지도 모르겠다.

아빠는 취향 고약한 농담이라면 사족을 못 쓰는 사람이다.
어쩌면 사람들이 자기를 좋아하는지 확인하고 싶어서
이런 함정을 꾸몄을지도 몰랐다.

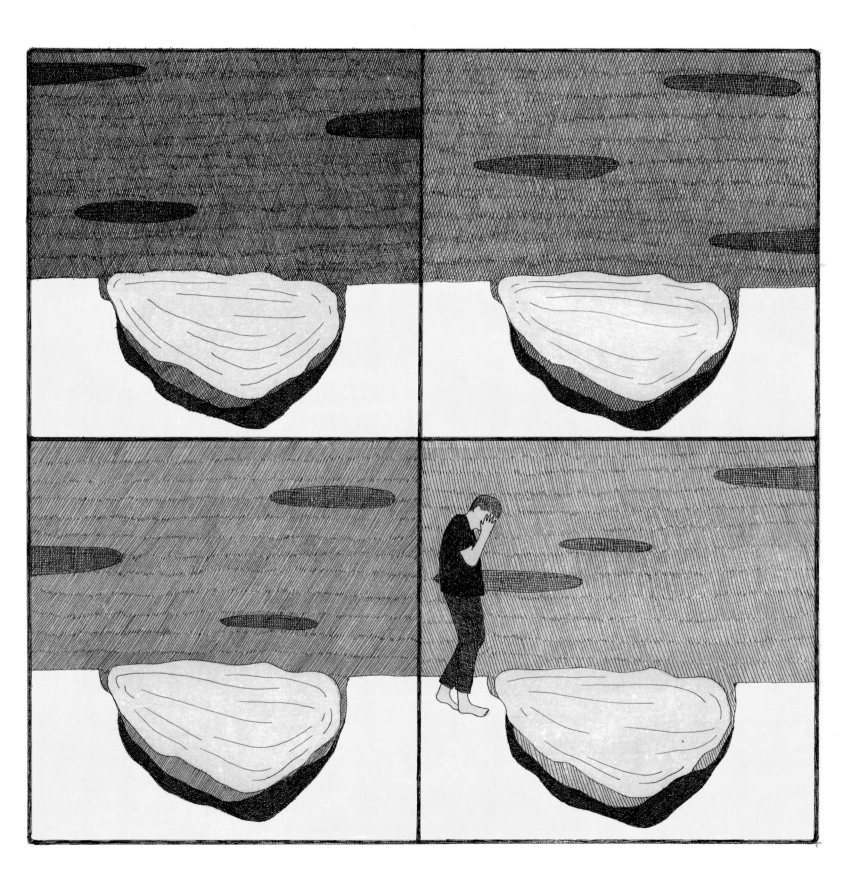

아버지는 자기 장례식에도 참석하고 싶어했다.
누가 자신의 진짜 친구인지 알고 싶고,
상복을 입은 사람 수와 그들이 슬퍼하는 정도를 보고
자신의 인기를 가늠하고 싶었으리라.
그래, 맞다.
장례는 한바탕 촌극에 불과했고
아버지는 곧 그렇게 밝힐 참이었다.
그러면 아버지의 초연한 태도와 냉소적인 웃음은
용서받을 테고, 모든 것이 제자리로 돌아갈 터였다.
이런 장난꾸러기!
아빠는 늘 관심을 끌고 싶어하는 사람이었다.

사람들이 차례로 나와 아빠의 일부에게 작별인사를 했다.
아빠의 장난은 제대로 먹혔고 이제 안심해도 괜찮았다.
수많은 이들이 포옹을 나누며 먹먹한 감회에 젖었다.

이제 아빠는 다 장난이었다고 외쳐야 했다.
이 지경까지 와서 그러기란 쉽지 않겠지만 말이다.
내가 괜히 아빠의 공범이 된 기분이 들었다.
나 같으면 절대 이런 장난을 치지 않겠지만.

사람들이 하나둘 묘지에서 빠져나가 자기네 차로 돌아갔다.
허파는 완전히 땅속에 묻혀서 보이지 않았건만 아빠는 그때까지도
아무 말 하지 않고 있었다.
나는 아빠가 우리를 함정에 빠뜨리려고 했다고,

이 모든 게 우스꽝스러운 연출이었다고,
또 한 번 튀어 보이려는 아빠의 작전이었다고 믿으려 애썼다.
그러나 고백은 없었다.
아빠는 어떻게 자기 죽음의 서막을 웃으면서 지켜볼 수 있었을까?
우리 아빠는 정말 웃기는 사람이라니까.

I

며칠 후, 흰옷 입은 사람들이 우리 집을 찾아와 문을 두드렸다.

그들은 아빠를 봐야겠다고 했다.

나는 그들이 그저 인사차 왔다고 생각하려 애썼다.

어쨌든, 묘지까지 허파를 지고 가주었던 사람들 아닌가.

그들이 병든 부분을 떼어냄으로써

우리 아빠를 구해주었으니 예후를 궁금해하는 것도 당연했다.

그래, 그들의 방문은 친절한 처사였다.

그들은 분명히 아빠의 건강을 확인하러 왔을 터였다.

그들의 훌륭한 행동에 대해서 칭찬을 듣고 커피와 비스킷이라도

대접받을 기회이기도 하고 말이다.

이상한 점은 전혀 없었다.

나는 그렇게 생각하려고 마음을 다잡았다.

하지만 그들은 이제 아빠가
목으로 숨을 쉬어야 한다고 했다.
그들은 아빠의 코를
떼어내느라 몹시 고생을 했다.
코는 무거운 데다가
단단히 붙어 있었다.
그들은 몇 번이나
실패를 거듭했지만
결국 코를 떼어내고야 말았다.

그 코에게 작별을 고하기 위해
상복의 지퍼를 올리고 장례 행렬에
참여할 준비를 하는 내 모습이 벌써부터
머릿속에 그려졌다.
그래도 아빠가 매주 자기 몸을 한 조각씩
잃게 될 리는 없었다.
그래서는 아무것도 남아나지 않을 테니까.
흰옷 입은 이들이 우리를 안심시켰다.
코는 다른 데로 옮기기만 하고 땅에는
묻지 않는다고 했다.

근사한 띠로 코를 목에 고정할 거라고 했다.
크게 변하는 것은 없었다.
아빠는 단지 목으로 숨을 쉬게 되었을 뿐이다.

그게 뭐 어떤가. 게다가 흰옷 입은 사람들은
멋을 아는 사람들이었다.
그들은 청록색 띠를 골랐다. 아빠의 눈동자와
같은 색깔이었다. 엄마와 나는 아빠를
안심시키려고 진담을 뺐다.
청록색 띠는 아빠에게 매우 잘 어울렸다.

24

아빠의 눈 색깔이 돋보였다. 게다가 눈에 잘 띄지도 않았다. 누구나 자기 코를 장신구처럼,
귀하디귀한 진주처럼 목에 걸고 살 수 있는 것은 아니다. 목에 건 코는 독창적이고 세련됐다.
어쨌든 코가 얼굴 한복판에 있으면 그렇게 주목받을 수가 없다. 아빠의 코는 아주 위풍당당했다.

전에는 코가 자리를 많이 차지했다. 아빠의 얼굴은 이제 확 트여 보였다.
거대한 코의 그림자에 입이 가릴 일도 없었고, 턱수염도 더 환히 빛나는 것 같았다.
아빠의 긴 목에는 아무것도 없었다. 목에 새로운 장신구가 채워졌다. 진작에 이렇게 했으면 좋았겠다 싶었다.
그만큼 변신은 성공적이었다.

흰옷 입은 사람들은 아버지가 이제 허파를 바퀴 달린 여행 가방처럼 끌고 다녀야 한다고 결정했다.
그래야 아버지가 숨을 잘 쉴 수 있다는가 보다.

그들은 아버지가 잊지 않고 허파를 늘 가지고 다녀야 한다고 설명했다.
아버지는 새로운 허파를 여행 가방처럼, 목줄 채운 개처럼, 유모차처럼 끌고 다녔다.

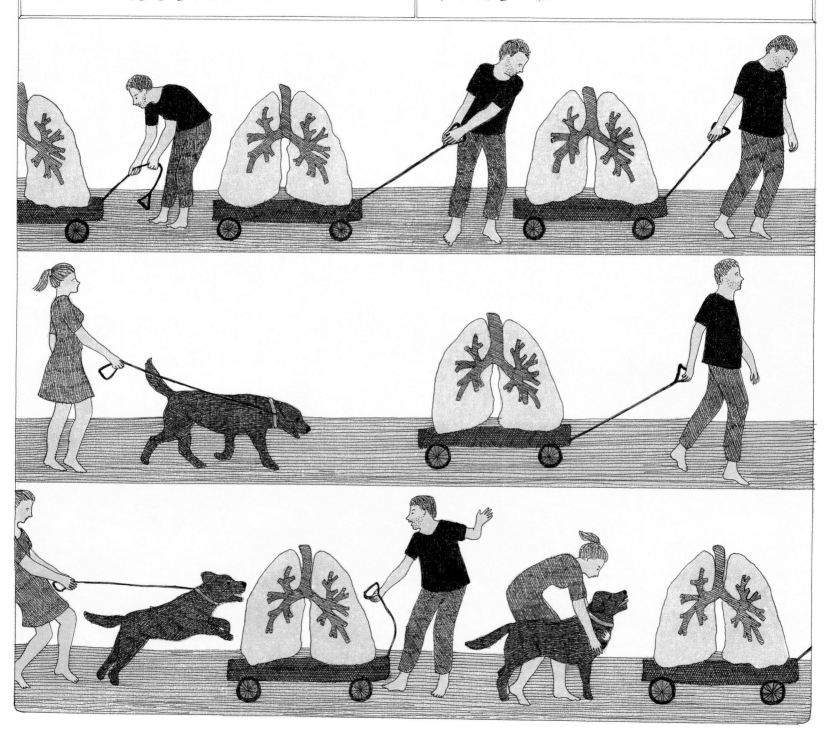

일상생활이 좀 힘들기는 했지만 만약 등에 지고 다니려면 엄마 말마따나 백배는 더 힘들었을 것이다.

아빠의 새 동반자는 잘 고안된 물건이었고 바퀴가 달린 것이 신의 한 수였다. 바퀴 구르는 소리가 다소 시끄럽기는 했다. 그래도 우리는 금세 적응했다.

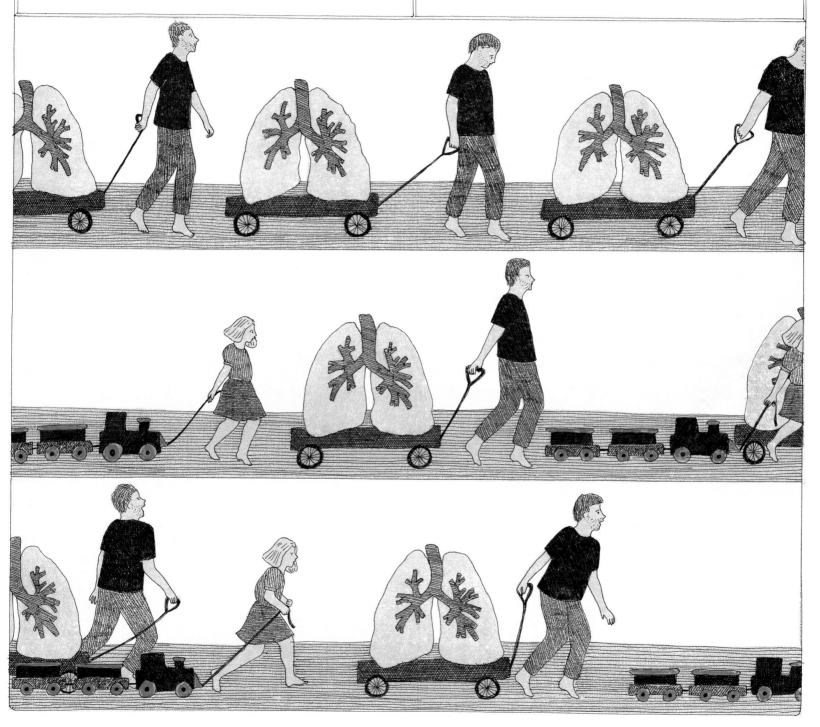

이제 아빠는 늘 여행을 떠나는 사람, 자기 목숨의 일부를 늘 끌고 다니는 사람 같았다. 아빠가 허파를 잠박하지 않도록 안에 알람 장치도 설치했다. 성(姓)과 이름을 써놓을 필요도 없었다.

이렇게 안전 조치를 취했으므로 허파를 잠박하려야 잠박할 수 없었다. 엄마는 허파의 알람 신호음이 귀에 너무 거슬린다고 했다. 엄마는 휴대전화 벨 소리를 바꾸듯 그 신호음도 멜로디로 바꾸고 싶었을 것이다

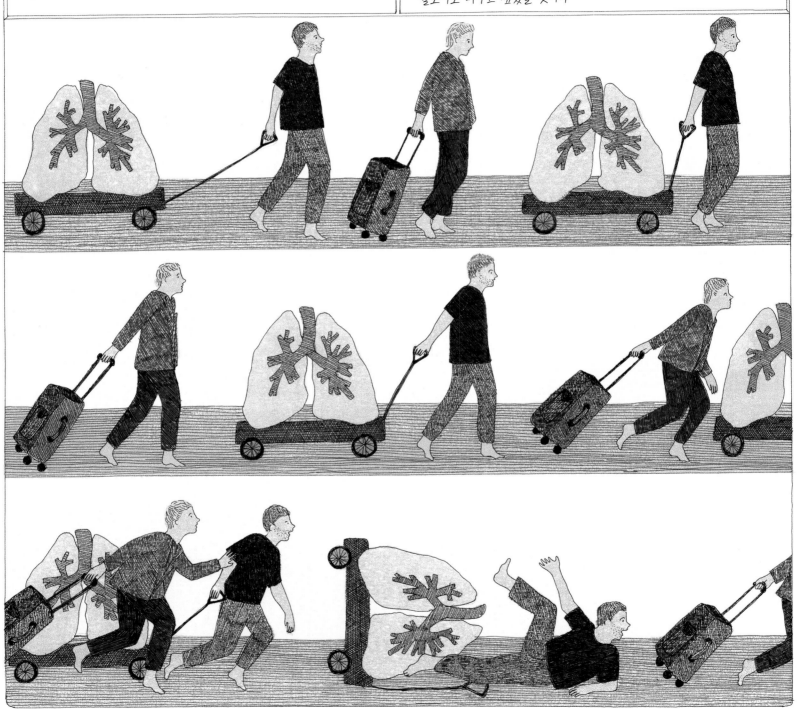

30

신호음을 새소리로 바꿨어도 엄마는 좋아했을 것이다.
아빠는 자기 허파가 음악을 들려주든 말든 개의치 않았다.
신호음 덕분에 허파에 계속 신경을 쓸 수 있다는 게 중요했다.

아빠가 손잡이를 잠시만 놓아버려도 모두 우르르 달려와
걱정을 했다. 신호음이 새들의 노랫소리였다면 분명히 그런 효과는
떨어졌을 것이다.

31

흰옷 입은 사람들이 아빠에게 입이
필요 없을 거라고 결정한 건 아니었다.
아빠는 말이 많은 사람이 아니었다.
아무렴, 아빠는 말수가 아주 적었다.
뭐든지 입 밖으로 떠들어야만 직성이
풀리는 사람들도 있기는 하다.
하지만 아빠는 그런 사람이 아니었다.
아빠는 아무 말도 하지 않았다.
그래서 사람들은 아빠의 입을 떼어냈다.

아빠가 입을 잘 사용할 줄 몰라서 그 입은 궤짝에 넣어 정리했다.

솜으로 둘러쌌기 때문에 아빠 입술이 상할 염려는 없었다.
예전에 입 주위를 감쌌던 수염보다 궤짝 속의 솜이 훨씬 더 폭신했다.

흰옷 입은 사람들은 언젠가 이 입을 다시 쓸 날이 올지도 모른다고 했다.

수염이 없는 자리가 원래 입술이 있던 곳을 표시해주기 때문에 나중에
입을 제 위치로 돌려놓기도 수월할 거라고 했다.

아버지의 얼굴에는 이제 눈밖에 남지 않았다.
이제 사막이 되어버린 얼굴에서 두 눈만이 주인 노릇을 하고 있었다.
코도 없고 입도 없는 풍경은 입체감이 사라져서 밋밋한 평원에 수염 몇 가닥만 간신히 남은 것처럼 보였다.
48년 동안 똑같은 풍경을 보았던 아버지의 눈은 갈피를 못 잡고 헤매는 듯했다.
그래도 눈은 할 일이 있을 터였다.
흰옷 입은 이들은 안심해도 된다고 했고, 우리도 그 말을 믿고 싶었다.

그렇지만 아빠는 이 모든 조치로 인해 크게 변했다.
아마 우리가 이 새로운 얼굴에 익숙해져야
했을 것이다.
사실, 그렇다. 미용실에 다녀오면 한동안은
거울에 비친 자기 모습을 단박에 알아보기가
어렵지 않은가.
아빠의 상황도 그와 비슷했다.
적응에는 시간이 좀 걸릴 터였다.
그 후에는 이 변신이 성공적이었다고 자축할 테고,
변화를 눈여겨보지도 않게 되리라.
원래 다 그렇지 않은가.

II

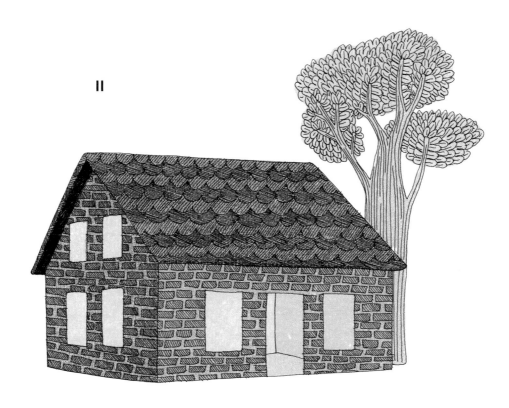

나는 종종 아빠가 도로 젊어진 것 같다고 생각했다. 아빠의 변신은
나이 든 티를 지워버렸다. 변신으로 되레 더 늙어 보일 수도
있었을 것이다. 하지만 아빠의 경우는 정반대였다.

아빠는 젊어 보였다. 나이보다 어려 보이는 건 늘 기분 좋은 일이다.
어려 보이려고 큰돈을 아낌없이 쏟아붓는 사람들도 있지 않은가.

아빠가 젊어 보였다는 내 말은 결코 거짓이 아니다.
게다가 아빠는 고작 두세 살 어려진 것이 아니었다.

천만에, 아빠는 훨씬 더 오래전으로 돌아갔다.
아빠는 어린애가 되었다.

43

기가 막혔다. 신나게 놀 생각밖에 없는 아기로 변했나 싶었던 때가 한두 번이 아니다.

아빠의 몸뚱이는 작아지지 않았다. 아주 약간 쪼그라들었을 수는 있지만 별 차이는 없었다. 하지만 아빠는 어린애처럼 하나부터 열까지 챙겨줘야 하는 사람이 됐다. 그게 가장 힘들었던 부분이다.

갑자기 나보다 더 어려진 아빠는 골칫거리였다.
아빠는 어린애였고, 내 존재는 갑자기 믿기 어려운 것이 되었다.

아빠는 타임머신을 타고 과거로 돌아가면서 나는 데려가지 않았던 모양이다. 그래도 이해하기 어려운 일은 아니었다.

아빠는 아직 걸음도 못 걸었다. 몸의 균형 잡기를 아주 힘들어했다.

아빠는 말도 못 했다. 입으로 간간이 소리를 내긴 했지만 그게 다였다.

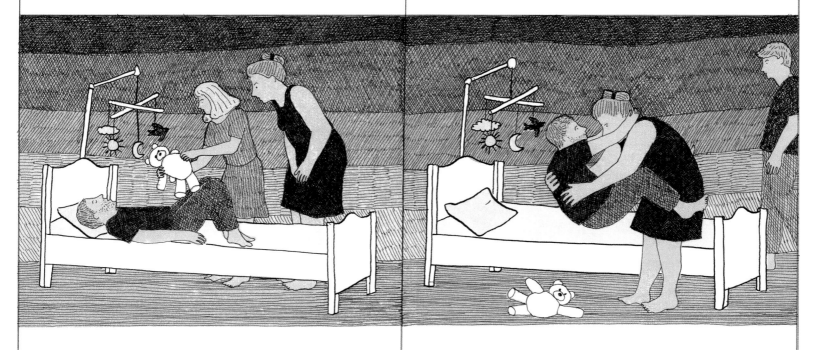

아빠는 이른 오후부터 낮잠을 길게 자는 습관이 생겼다.
원래 어린애들은 잠을 많이 자야 한다.

엄마 잘못이 아니었다. 적어도 아빠가 잠들어 있으면 다른 식구들은
평안했다. 아빠가 깨어 있으면 시중을 드느라 눈코 뜰 새 없었다.

아빠가 걸을 때는 손을 잡아주었고, 기저귀를 수시로 갈아주었으며, 별일 없는지 늘 지켜보아야 했다. 정말인지, 사고는 눈 깜짝할 사이에도 일어날 수 있었다.

잘 때는 침대에서 떨어질 위험이 있었고, 허파를 깜박하거나 균형을 잃고 넘어질 우려도 늘 있었다. 우리의 어린애 같은 아빠는 너무 연약했다.

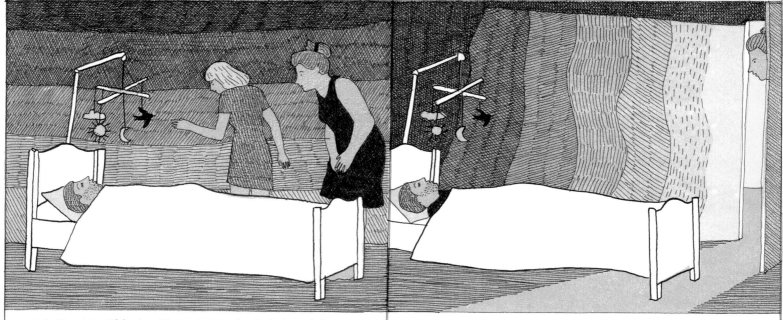

저녁에는 깃털 이불을 눈 바로 아래까지 덮어줘야만 아빠가 좋아했다. 그러면 코와 입이 없는 새로운 얼굴을 이불 속에 감출 수 있었으니까.
아빠는 어른이었을 때 그리 다정한 사람은 아니었다.

이제 아빠는 잠들기 전에 꼭 이마에 뽀뽀를 해줘야 하는 사람이 됐다. 침실 문은 살짝 열어두어야 했다. 그래야만 아빠도 안심할 수 있었고 엄마도 수시로 아빠를 살펴볼 수 있었다.

나의 아버지는 어린애가 되어버렸다. 나는 내 아빠의 엄마가 되었다. 아니, 큰누나쯤이라고 해둘까.
그 둘 중 뭐가 됐든 간에, 내가 아빠의 딸이라는 것보다는 그럴싸한 얘기였다.
오빠는 우리 집안의 유일한 남자가 되었다. 이 말이 어쩌면 오빠가 아빠가 되어야 했다는 뜻일지도 모르겠다.
이제 아무것도 이해할 수가 없었다. 그럼, 우리 엄마가 이 어린애의 아내란 말인가?
내 생각에, 엄마는 아빠의 엄마가 되어버렸다.

나는 부모님이 동생을 낳아줬으면 좋겠다는 생각을 자주 했다. 만약 내가 선택해서 될 일이라면
나는 여동생을 갖고 싶었다. 사실, 우리 집에 나보다 어린 남자애가 생길 거라고는 상상도 못 했다.
그런 건 내 계획에 없었다. 나는 이 난데없는 어린애의 출현이 적잖이 불편했다.
다들 이 어린애 때문에 미칠 지경이었다. 게다가 누군가는 꼭 이 어린애에게 붙어 있어야 했다.
이미 빤히 알다시피, 매사가 이 아이를 중심으로 돌아갔다.

애 하나를 더 키우기에는 집이 너무 좁았다. 예상 밖의 일이었다.
엄마는 우리의 놀이방을 아이의 침실로 만들어주기로 작정했다.
어차피 우리는 이제 잘 쓰지 않는 방이었지만 감히 우리 영역을 차지하다니 뻔뻔하지 않은가.
나는 그 아이에게는 원래 그 애의 자리가 없다고 생각했다.

엄마 역할이 늘 완벽하게
어울리는 여자들이 있는데,
우리 엄마가 바로 그런 사람이었다.

엄마는 체격이 크고 다부졌다.

엄마에게 딱 붙어 있으면
따뜻하고 든든한 느낌이 들었다.
마음이 푹 놓였다.

다만, 엄마는 이따금 우리를
너무 세게 껴안았다. 엄마가 자기 힘을
의식하지 못해서 우리는 숨이 막혀
죽을 것 같았다. 하지만 엄마가 일부러
그러는 건 절대 아니었으므로 우리는
원망하는 마음이 들어도 금방 풀었다.
아빠는 엄마가 얼마나 엄마로서의 삶을
좋아하는지 알았던 것 같다.
그래서 자기도 그 듬직한 몸에 딱 붙어
안심하고 싶어서 도로 아기가 되기로
작정했을지도 모른다. 아빠는 엄마가
우리를 얼마나 사랑하는지, 엄마가
얼마나 인내심을 갖고 우리 얘기를
들어주는지 알고 있었다. 그러니 틀림없이
우리 처지가 부러웠을 게다.
아빠는 자기 아내를 온전히 차지하고
싶어서 아기가 되어버린 게다.

그게 아니면, 오빠가 떠나버리자
겁이 나서 그랬는지도 모른다.
엄마는 자식 일을 자기 일이라고 생각하는
버릇이 있었다. 자식들의 성공은 모두 엄마의
성공이었다. 엄마는 나에게 원피스를 사주면
서 자기가 그 옷을 입는 것처럼 생각했다.
엄마는 오빠에게 맛있는 후식을 먹이는
것만으로도 자기가 그 달콤함을 느끼기에
충분했다. 하지만 내가 먼저 성인으로서
독립하려고 집을 떠났고 그다음에는 오빠가
짐을 꾸려서 나왔다. 아빠는 엄마가 얼마나
헛헛한 심정일지 내다보았다. 엄마가 애정을
다른 데 쏟고 고양이를 정성껏 보살핀다지만
아빠는 그걸로는 충분치 않을 거라 생각했다.
그래서 오빠의 독립이 거의 표도 나지 않게
할 묘안을 찾아냈다.
자기가 집안의 막둥이가 된다는 묘안을.

아빠는 아마 우리를 생각해서 어린애가
되었을 것이다. 아빠는 우리가 죄책감 없이
어른이 될 수 있도록 교란작전을 펼치고
싶었던 게다. 우리가 엄마의 꽉 껴안은
팔을 뿌리치기가 얼마나 힘든지,
엄마를 엄마라는 그 평생의 배역에서
끌어내기가 얼마나 힘든지 아빠는 알고
있었으니까. 그래서 자신이 엄마가 늘
보호해야만 하는 아이가 되었다.
그때부터 날이 쌀쌀하면 엄마는 조끼를
챙겨서 그에게 달려갔다.
그가 얼굴만 좀 찡그려도 엄마는 질병
사전을 찾아보기 바빴다. 엄마의 모든
기력은 아빠를 돌보는 일에 쓰였다.
엄마는 우리에게 전화를 걸 시간은
있었지만 통화 중이어도 귀여운 막둥이가
낑낑대면 바로 전화를 끊었다.
아빠의 작전은 완전히 성공한 것 같았다.

우리가 서서히 떠날 수 있도록 묘안을 짜낸 아빠가 무척 고마웠다.
하지만 너무 약해진 아빠를 보니 나도 아빠를 좀 돌봐드릴 겸
독립을 미루고 싶었다.
나는 이 변신이야말로 내가 아빠를 제대로 마주할 기회라고 생각했다.
내게 아빠는 여전히 수수께끼 같은 사람이었다.
아빠는 잘 모르겠는 사람,
우리 곁에 잘 없는 데다가 성품도 강퍅한 사람이었다.
질병은 아빠의 인생을 크게 후려쳤다. 모든 것이 무너졌다.
나는 슬펐지만 지금은 비록 이 모양 이 꼴이어도 아빠가 점점 나아지고
우리도 점점 살 만해질 거라 생각했다. 아빠가 죽어야 했는데
죽지 않았다면 그 이유는 우리가 서로를 만날 수 있도록 인생이
시간을 조금 남겨둔 거라 생각했다.

나는 이 만남에 뛰어들어 아빠의 소원함을 용서하기로 마음먹었다. 어른으로서 나만의 삶을 꾸리고 싶은 간절한 마음은 뒤로 미루었다. 나는 마치 부메랑처럼 아주 오랫동안 허공을 돌고서는 아버지에게로 돌아왔다.

나는 아빠가 나를 붙잡고는 자기에 대한 새로운 이정표들을 기꺼이 내게 알려주기를 바랐다.
나의 수수께끼를 풀려면 좀 더 오래 아빠 곁에 머물 필요가 있었다.
그 후에야 비로소 내가 해방될 수 있을 것 같았다.

63

아빠는 변신 이후로 늘 우리를 필요로 했고, 쉴 새 없이 우리 몸의 일부를 빌려 썼다.
아빠 친구들이 집에 찾아오면 나는 아빠가 그분들과 얘기를 나눌 수 있도록 당연히 내 입을 양보했다.
사람은 두 명인데 입은 하나밖에 없으니 참 고역스러웠다.

네가 좀 와줘. 아빠는 네 입이 필요해. 손님들이 왔어.

상황이 꼬일 때도 많았다. 나도 입은 필요했다.
가령 내가 내 입을 쓰고 있을 때, 전화 통화 중일 때가 그랬다.
그러면 나는 사용을 중단하고 당장 아빠에게 입을 내어주러
가야 했다. 아빠가 내 입을 쓸 차례였다.

부당하다는 생각도 조금은 들었지만
나는 이기적인 딸이 되고 싶지 않았다.
그래서 내 일은 다 제쳐두고 너그러이 입을
내어주었다.

이제 다 돌아갔으니 애 입을 돌려줘요.

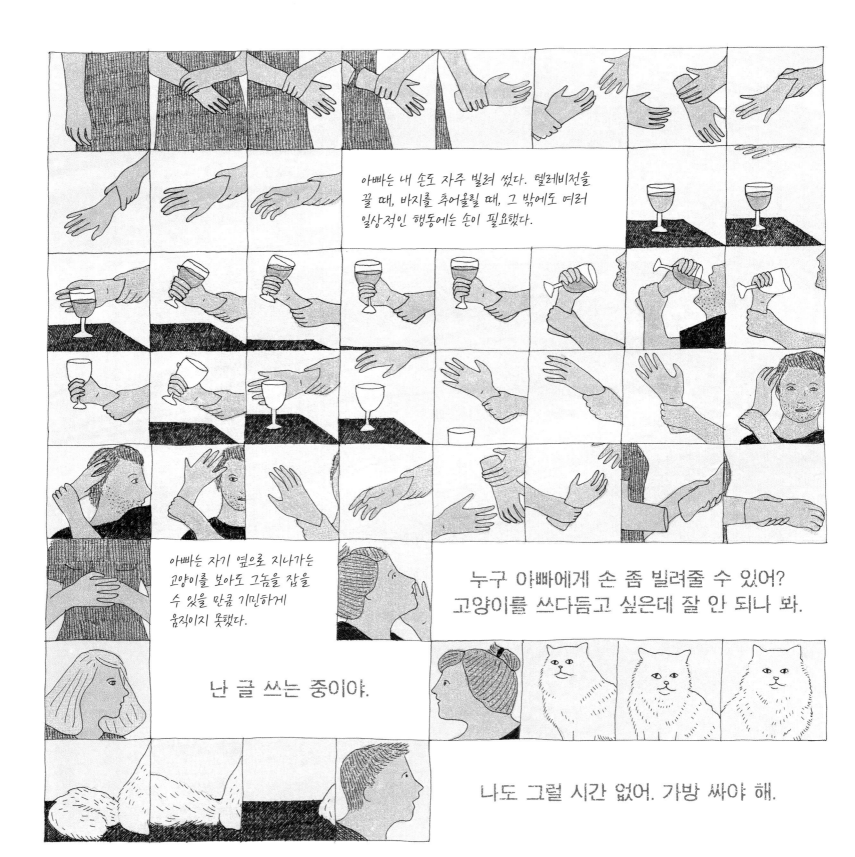

아빠는 내 손도 자주 빌려 썼다. 텔레비전을 끌 때, 바지를 추어올릴 때, 그 밖에도 여러 일상적인 행동에는 손이 필요했다.

아빠는 자기 옆으로 지나가는 고양이를 보아도 그놈을 잡을 수 있을 만큼 기민하게 움직이지 못했다.

난 글 쓰는 중이야.

누구 아빠에게 손 좀 빌려줄 수 있어? 고양이를 쓰다듬고 싶은데 잘 안 되나 봐.

나도 그럴 시간 없어. 가방 싸야 해.

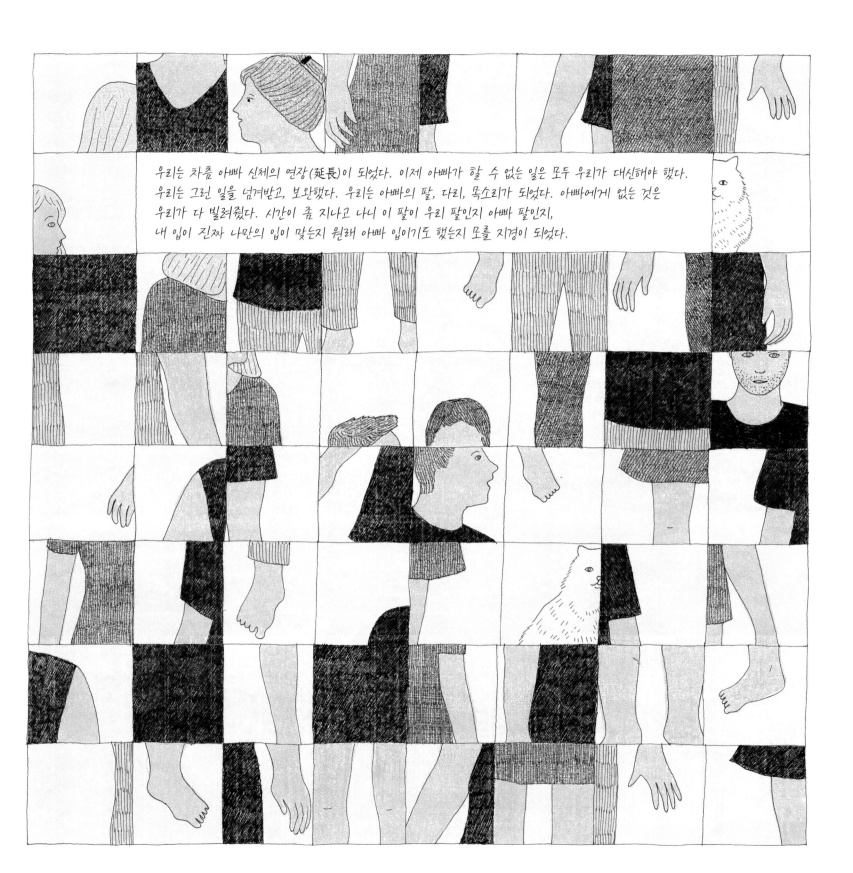

우리는 차츰 아빠 신체의 연장(延長)이 되었다. 이제 아빠가 할 수 없는 일은 모두 우리가 대신해야 했다. 우리는 그런 일을 넘겨받고, 보완했다. 우리는 아빠의 팔, 다리, 목소리가 되었다. 아빠에게 없는 것은 우리가 다 빌려줬다. 시간이 좀 지나고 나니 이 팔이 우리 팔인지 아빠 팔인지, 내 입이 진짜 나만의 입이 맞는지 원래 아빠 입이기도 했는지 모를 지경이 되었다.

우리는 아빠가 하는 일을 보완하고,
아빠 대신 생각하고 말하는 데
익숙해진 나머지 우리가 원래
누구인지조차 잘 알 수 없게 되었다.
우리는 아빠의 통역관, 번역가였다.
우리는 아빠 입 모양을 읽는 법, 아빠
생각을 추측하는 법, 아빠 대신
표현하는 법을 배우고 익혔다.
나는 가끔 아빠와 세상 사이의 필터가
된 기분이 들었다. 중계국, 다리(橋)가
된 기분이랄까. 우리가 없으면 세상은
아빠를 이해하지 못했다. 아빠에 대한
설명을 붙일 수 있는 사람, 아빠가 하는
말에 자막을 달아 타인들과
연결할 수 있는 사람은 우리뿐이었다.
그 책임은 막중했다.
실수 없이, 신속하고 정확하게
번역을 해야만 했다.

그렇지만 우리는 종종 일부러 오역을 했다. 지나치게 신랄한 말이나 어처구니없는 말을 듣기 편하게 고쳐야 했기 때문이다.

어떤 단어는 잠박 넘어가고 그 대신 온화하고 안심 되는 말을 지어냈다. 할머니가 당신이 손수 만든 송아지고기 스튜가 맛있었는지 물어봤을 때 나는 아빠 입 모양을 보고 그 요리를 원래 좋아하지 않는다고 말하는 것을 알았다. 그러나 나는 재빨리 할머니 요리 솜씨를 칭찬하는 말을 지어내어 할머니가 아빠에게 듣고 싶어하는 말을 대신했다. 그러자 좋은 일을 한 기분이 들었다. 내가 아빠를 더 인간적이고 너그러운 사람으로 만든 것 같았다.

아빠 맞춤형 말을 만들어
사람들이 아빠에게 듣고
싶어하는 말을
전부 들려줄 수 있다니,
놀랍다 못해 믿기지 않는
일이었다.

다만, 아빠가 자기 이미지를 치켜세우는 어처구니없는 말들은 내가
검열을 해도 소용없었다. 아빠가 실제로 한 말들을
완전히 잊을 수는 없었기에, 그 말들은 내 속에 남았다.

게다가 자꾸 아빠 대신 말을 하다 보니 내가 아빠가 된 것 같은 기분도 자주 들었다. 나는 이제 아빠와 별개의 사람이 아닌 것 같았다.

나는 아빠 대신 괴로워하기 시작했다. 마치 내가 병에 걸려 죽을 날을 기다리는 것 같았다. 나는 아빠가 표현하지 않았던 모든 감정을 내 몸과 마음으로 겪었다.

아빠가 "나 숨 막혀"라고 하면 나는 "나 숨 막혀"라고 옮겼다. 내 입에서 나오는 말인데도 "아빠가 숨 막힌대"라고 하지 않고 '나'라는 일인칭으로 말했던 것이다.

그러자 문득 내 허파는 정상적으로 돌아가고 있는지, 나에게 산소 결핍이 일어난 건 아닌지 의문이 들었다.

아빠의 변신으로부터 몇 달 지난 어느 날, 흰옷 입은 이들의 군대가
우리 집으로 쳐들어왔다. 그들이 일사불란한 발걸음으로 잔디밭을 밟고 정원을
가로질러 다가오는 모습을 보았다.

바리케이드를 쌓을 틈도 없었다. 우리 집 구조상 문과 창이 워낙
많기도 했다. 그 많은 문과 창을 다 잠가놓고 살기란 불가능했다.
그래서 집은 순식간에 흰옷 입은 병사들에게 포위당했고
우리는 속수무책으로 당했다.

이제 우리 집은 방마다 마치 박물관
전시실처럼 경비가 섰다.
우리는 감시당했다. 무슨 행동을 하는
것도, 그들에게 판단 당하는 것도
겁났다. 뭘 엎지는 않을까, 소소하게는
그런 것도 겁났다. 이제 게으름뱅이로
보이는 게 두려워 늦잠조차 마음껏 잘 수
없었다. 엄마는 그들에게 상처가 되는
지적을 받을까 봐 균형 잡힌 식생활을
시작했다. 우리는 이미지를 좋게 남기고
싶었다. 당연한 일 아닌가.
우리는 항상 촬영 당하는 기분이 들었다.
처음에는 카메라를 잊고 산다는 게
불가능했다. 그래서 옷차림의 배색 조화
따위에 은근히 신경이 쓰였다.
식사 자리에서도 바른 자세로 앉아
온화한 태도를 유지했다.
무엇보다, 우리는 한마음으로 똘똘 뭉친
이상적인 가족처럼 보이려 애썼다.
우리가 흠잡을 데 없이 굴면

흰옷 입은 병사들이 우리 집에서 물러날
거라고 생각했나 보다.
우리가 사는 모습을 지켜봤자 시시한
텔레비전 연속극을 시청하는 것보다
재미있을 리 없었다. 그 병사들은 어떻게
졸지도 않았는지 모르겠다.
물론, 근무 교대는 있었다. 아침에는 첫 번째
부대가 아빠를 깨웠다. 오후에도 한 차례
아빠의 체력 단련을 위해서 병사들이
우르르 왔다가 갔다.
저녁에는 다른 기병대가 아빠를 침대까지
호송했다.

우리는 군대가 집에서 떠난 밤에만
정상적인 생활로 돌아갈 수 있었다.
그들이 우르르 빠지고 나면
집이 더 넓어 보였고 모두 제자리를
찾은 것 같았다.
우리는 비로소 서로 말다툼도 하고,
늦게까지 잠을 안 자고,
자기 방에서 부스러기를 흘려가면
서 군것질을 했다.

가끔은 집에 사람이 많은 것도
괜찮다고 느꼈다.
대가족과 부대끼면서 사스라 외로움을
느낄 일이 없는 것 같았다.
엄마는 스트레스를 많이 받았고 자기만의
시간이 거의 없었다.
병사들이 들어오면서 엄마의 불안은 지워졌다.
비록 매우 작위적인 대책이긴 했지만
나는 이 대책을 좀 더 이용할 수 있겠다는
헛꿈을 꾸었다.
실제로 가끔은 그 상황이 만족스럽기도 했다.
하지만 결국은 이 침입자들과
더는 같이 못 지내겠다고 폭발하고야 말았다.
이 동거는 너무 힘겨웠다.
어쨌든 그들이
우리 영토를 빼앗아간 것 아닌가.
그들은 우리 집을 자기네 집처럼 떡하니
차지하고 있었다.
그들 딴에는 사려 깊게 행동한다고 했지만
우리는 당장 그들을 쫓아내고 바리케이드를
치고 싶을 때가 한두 번이 아니었다.
이제 우리 집이 우리 집 같지도 않았으니까.

마침내, 우리는 교묘한 수를 짜냈다.
저 병사들이 아빠에게 붙어 있어야 한다면
우리가 흰옷 입은 병사가 되는 것으로 문제가 해결
되지 않을까. 그러면 저 침입자들을 집에 들이지
않고도 우리가 간호를 전담할 수 있을 테니까.

얼마 전부터 아빠는 자기가 식구들을 얼마만큼 휘두를 수 있는지 굳이 짚고 넘어가려고 안달했다.
원래 아빠는 집에서 얼굴 보기가 힘들고 가족보다 자기 고객, 자기 사업이 먼저인 사람이었다.
그러나 이제 아빠는 우리 집의 강력한 중심인물이 되어 있었다.

아빠는 변신을 계기로 우리에게 전권을 행사하게 되었다.
아빠는 까다롭고 변덕스러운 왕이 되었다. 아빠의 체제는 독재와 흡사했다. 아빠 마음에 들기
위해서라면 무슨 일이든 할 만큼 헌신적인 하녀도 두 명이나 있었다.

하녀들은 늘 불평 한 마디 없이 명령을 이행했다.
그들은 이런저런 일들을 도맡고, 늘 아빠 곁을 지키면서
아빠의 온갖 변덕스러운 요구를 들어주었다.
하녀마다 특히 잘하는 일은 달랐다.

한 명은 음식 솜씨가 뛰어나서 맛있으면서도
왕의 건강에 좋다는 요리를 뚝딱 만들어냈다.
이 하녀는 음식을 만들자마자 왕에게 올리고서도 바로
새로운 음식을 만들어 결코 왕의 입에 음식이 맞지 않는
일이 결코 없게 했다.

다른 하녀는 정원사 일을 했고 말동무 역할도 매우 잘했다. 이 하녀는 아빠가 시키는 대로 우리 집 주위를 관리하면서 집 밖에서, 마을 안에서 어떤 일이 일어나는지 아빠에게 자세히 얘기해주곤 했다. 왕은 하녀가 그의 고장 얘기를 하면 아주 좋아했다.

우리도 왕을 모시는 데 한몫을 했다.
주말에는 엄마가 하녀들과 교대를 했다.
왕이 좋아하는 먹거리를 사는 것도 엄마 일이었다.
엄마는 정신을 똑바로 차리고 철두철미하게 장을 봐야 했다.
행여 저녁상에 자기가 제일 좋아하는 치즈가
모자라기라도 하면 왕은 불같이 화를 냈다.

왕이 잠든 동안 수시로 살피는 것도 엄마 책임이었다.
엄마 침대는 왕의 침대 가까이 있었고,
엄마는 습관적으로 밤중에 몇 번이나 자다 일어나
전하의 용안을 들여다보곤 했다.
왕은 엄마의 잠을 방해하면서도 전혀 미안해하지 않았다.

91

오빠는 커피 담당이었다.

그는 하루에도 몇 번씩 왕에게 커피를 올렸다.

왕의 커피에는 설탕 하나 반이 들어가야 했고, 커피 마시는

시각이 정해져 있어서 조금이라도 어기면 난리가 났다.

오빠는 그 점을 잘 알고 칼같이 지켰다.

나로 말하자면 전하의 후의를 입어 용안을 돌보는 일을 맡았다.

왕의 전속 미용사가 되어 치장을 전담하게 되니 꽤 으쓱했다.

왕은 옆머리를 짧게 치되 윗머리는 웬만큼 남겨두기를 좋아했다.

나는 나의 특권을 인식했기에 매우 공들여 그 일을 했다.

왕에게 거울을 내밀고 그가 내릴 판결을 기다리는데

몸이 마구 떨렸다. 사소하게 마음에 안 드는 부분이 있긴 했어도

왕은 전반적으로 흡족해했다. 그래서 나는 프로가 아니었지만

프로 흉내를 내면서 왕이 흡족해할 때까지 귀 주위를 좀 더

치고, 눈썹을 다듬고, 턱수염을 밀었다.

왕의 생활은 시계처럼 정확하게 짜여 있었다.

누가 이 일과표를 조금이라도 수정하려 들면 왕은 격노했다.

그런 일은 자주 있었다. 너무 큰 권력을 쥔 사람들은 자는

변덕이 죽 끓듯 하는 성격파탄자다. 그들을 원망해서는 안 된다.

그들은 대개 자기가 그런다는 의식도 없고,

이미 현실에 대한 감각이 없다.

결국에는, 아빠 입장에서 변명거리를 찾아주고
진짜 왕을 섬기듯 우러렀어도

아빠의 부당함을 참아줄 수 없는 지경까지 갔다.
우리 삶을 바쳤는데도 아빠는 우리 수고를
알아주거나 측은해하는 시늉조차 하지 않았다.
아빠는 우리에게 전혀 고마워하지 않았다.

쿠데타를 일으키는 편이 낫겠다는 생각을
얼마나 자주 했는지 모른다.
두 번 다시 이 왕의 지배를 받지 않게끔,
권좌를 뒤엎어야 할 성싶었다.

94

그러다 또 문득 이 지배는 한낱 허울에 불과하다는 것을,
아빠는 지배는커녕 이제 자기 앞가림조차 못 하는 신세라는 것을 깨닫곤 했다.
그래서 어쨌든 아빠가 스스로 왕이라고 믿게끔 내버려두었다.

III

아빠를 상징하는 요소를 찾는다면 나는 돌을 택했을 것이다. 단, 매끄럽고 동그스름한 자갈은 아니었다.
그보다는 신발 없이 걸으면 발이 다 찔리는 날카로운 바위에 더 가까웠다. 온통 울퉁불퉁한 돌덩어리.
찧고, 베고, 무시무시한 데다가 차갑기까지 한 돌.
아빠는 우리가 상처 입지 않기 위해 매달려 있고 싶은 바윗덩어리였다.
그 바위 아래 숨어 있으면 어떤 위협도 닥치지 않을 것 같아서 좋았다.

나는 그 바위에 너무 꽉 매달렸다가 손가락을 벤 적이 많았다. 나는 그 복잡한 기복 속에서 조금은 포근한 곳을 찾고 싶었지만 대개 손을 대서는 안 될 곳에 손을 대곤 했다.
그 바위에 붙어서 편안한 자세를 찾기란 아주 힘들었다.
어쩌다 가끔 그렇게 되기도 했지만 몹시 드문 일이었다.

나는 질병과 불운이 드디어 아빠를 조금 유하게 만들어주리라 생각했다.
돌덩이가 바다에 시달리고 힘센 파도를 받아내면서 자갈이 되었다가 다시 고운 모래가 되는 과정을
설명하는 다큐멘터리를 본 적이 있다.
그게 바로 침식의 원리다.

그래서였을까, 나는 아빠가 그런 일들을 겪고도 그 뾰족한 성미가 여전한 것이 신기했다.
그만큼 고생을 했으면 사람이 좀 잔잔하고 유순해져야 하는 것 아닌가. 하지만 나는 질병이 아빠를
매끈하게 다듬지 못하면서 조금씩 깎아먹고 울퉁불퉁한 표면을 그대로 남기는 것 같다고 느꼈다.

아니, 실은 이 말도 완전히 들어맞지는 않는다. 아빠의 속은 전보다 부드러워졌지만 여전히 우리가 너무 가까이서 매달리면 손을 베고 상처를 입었다고 할까.

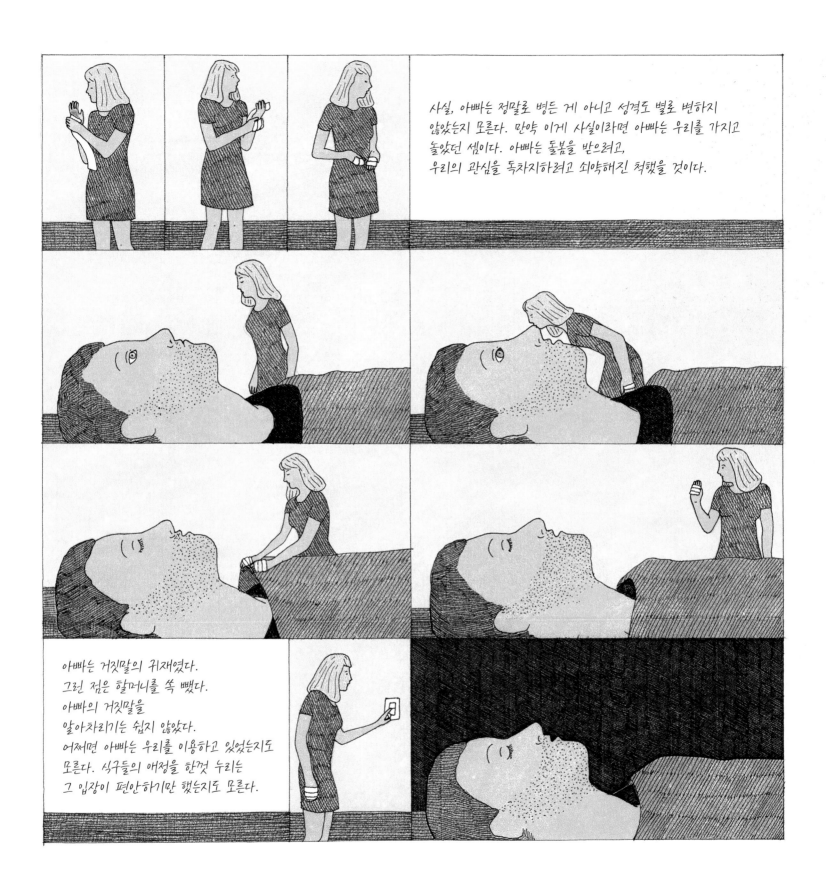

사실, 아빠는 정말로 병든 게 아니고 성격도 별로 변하지 않았는지 모른다. 만약 이게 사실이라면 아빠는 우리를 가지고 놀았던 셈이다. 아빠는 돌봄을 받으려고, 우리의 관심을 독차지하려고 쇠약해진 척했을 것이다.

아빠는 거짓말의 귀재였다.
그런 점은 할머니를 쏙 뺐다.
아빠의 거짓말을
알아차리기는 쉽지 않았다.
어쩌면 아빠는 우리를 이용하고 있었는지도
모른다. 식구들의 애정을 한껏 누리는
그 입장이 편안하기만 했는지도 모른다.

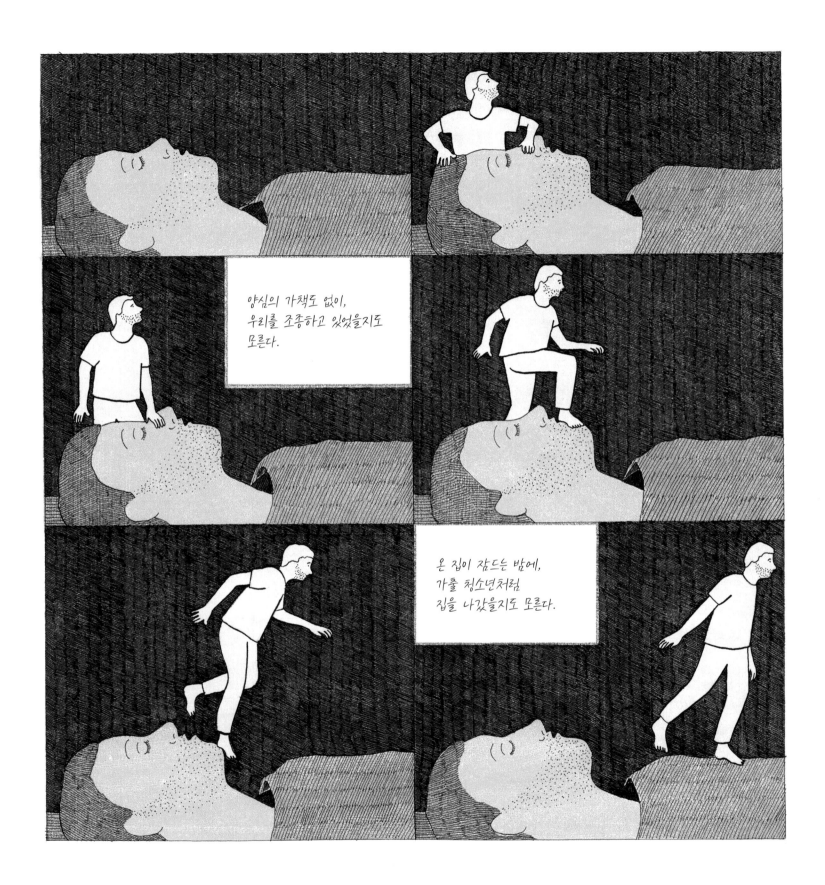

양심의 가책도 없이,
우리를 조종하고 있었을지도
모른다.

온 집이 잠드는 밤에,
가출 청소년처럼
집을 나갔을지도 모른다.

나는 아빠가 창문으로 빠져나가 바에서 친구들을
만났을 거라 생각한다.

솔직히 말해, 아빠가 담배 연기 자욱한 술집 분위기를 멀리하고
살 수는 없었을 것이다.

아빠는 취한 사람들과 어울려 놀고 딱한 사람들과
술잔을 부딪치기 좋아했다. 아빠는 그런 분위기 없이는 못 사는
사람이었다.

바에서 아빠가 모르는 사람은 없었다.
바의 손님들은 다 한 가족 같았다. 겸손하고 수줍은 사람들은
술기운을 빌려야만 자기를 풀어놓고 비로소 존재할 수 있다.

아빠도 그런 사람이었다.
아빠는 바에 일렬로 늘어선 뒷모습 중 하나였다.
얼굴은 맞은편 벽에 걸린 거울 속에서, 혹은 술병들 사이에서
드러났다.

아빠도 여느 사람처럼 버티기 힘든 삶 속에 막간극을 만들기
위해서 그런 순간을 필요로 했다.

니코틴의 안개, 웃음소리,
괴성 속으로 아빠는 매일 밤 도피했을 것이다.

아빠는 우리가 있는 집으로 돌아가지 않고 엉뚱한 사람들과
어울리러 가면 원망을 톡톡히 듣게 된다는 것을 알고 있었다.

그래서 이런 수작을 지어냈던가 보다. 우리에게 자신의
밤 생활을 숨기고 좀 더 우리 곁에 붙어 있으려고 말이다.

그게 아니면,
아빠는 홀로 산에 갔을 것이다.
버섯을 따려고 숲으로 갔을 것이다.

아빠는 그물버섯을
가방 가득 채울 때까지 한참을
혼자 돌아다니기 좋아했다.

나도 버섯을 참 잘 찾았는데
아빠는 그 점을 별로 좋아하지 않았다.

110

우리가 함께 버섯을 따러 나가면
아빠는 늘 나보다 한참 앞서가다가
결국 나를 잃어버리곤 했다.
아빠는 내가 옆에 딱 붙어 다니면서
버섯을 냉큼 찾으면 못마땅해했다.

그래서 우리에게 알리지도 않고
매일 밤 혼자 나갔을 것이다.
아빠는 나와 같이 가는 걸 싫어했다.
나와 경쟁하기가 싫어서,
내가 잠들 때까지 기다렸다가
나갔을 수도 있다.

나는 내 가설을 뒷받침할 단서 몇 가지를 찾아냈다.

일례로, 타로 카드를 찾을 수가 없었다.
아빠는 초저녁부터 바에서 친구들과 타로 카드놀이를 하곤 했다.
게다가 아빠 장화도 제자리가 아닌 곳에 놓여 있었다.
나로서는 이제 의심의 여지가 없었다.
내 아빠는 밤만 되면
왕성하게 활동하는 상상병 환자가 틀림없었다.
내가 언젠가는 불시에 현장을 덮치고 말 거라 확신했다.
나는 밤에 깨서 물을 마실 때가 많으니
아빠는 조심깨나 해야 할 터였다.

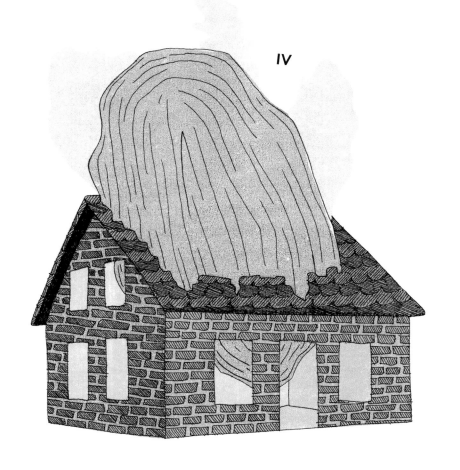

흰옷 입은 사람들이 이제 아빠가 며칠밖에 못 살 거라고
알려주었다. 그런 생각을 하다니, 단단히 미쳤나 보다!
나는 그들이 잘못 생각했다고 본다.
아빠가 죽을 거라면 그런 기미가 보여야 하지 않나.
적어도 조금은 표가 나야지. 기력이 없어 보일 테고,
어디가 아프다고 끙끙대야 할 테고,
안색이 창백해야 하지 않나.
식욕도 없어야 하지 않나.
사람이 이렇게 죽을 수 있나.
이렇게 갑자기?
이게 진짜라면 너무 끔찍할 것 같다.

아빠는 아무렇지도 않았다.
변한 건 없었다.
오히려 조금 좋아진 듯도 했다.
체중이 약간 늘었고 새 신발도 샀다.
아빠가 죽을 거라면 새 신발을
사 오게 했을 리가 없다.
아빠는 그렇게 아둔한 사람이 아니다.
게다가 아빠는 옷이나 신발에
투자를 하면 반드시 본전을 뽑았다.
아빠는 엄마가 수선을 할 수 없을
정도로 옷이 해어질 때까지 입고 다녔다.
아무렴, 흰옷 입은 사람들이 실수한 거다.
그들은 몸속을 들여다보고 이상이 있으면
다 알아낼 수 있다고 했다.
그들은 우리가 오래 살지,
우리가 앞으로 할 일을 생각해두어도
되는지 아니면 갑자기 모든 것이
멈춰버릴지 말해줄 수 있었다.

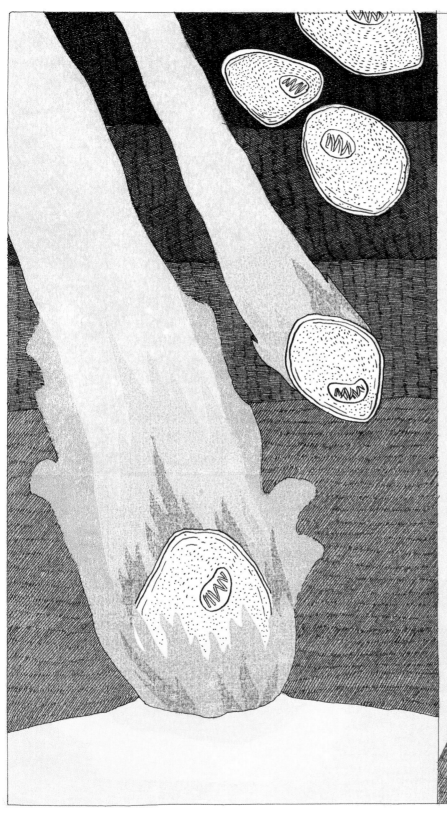

그들을 보러 간다는 것은
점쟁이를 찾아가는 것과 비슷했다.
우리 아빠 문제를 두고 그들은
몹시 비관적인 태도를 보였다.
그들은 아빠의 허파에
폭탄이 하나 있고 기관에도
또 다른 폭탄이 있다고 했다.
언제고 그 폭탄이 터져서 아빠는
죽게 될 거라나.
그들은 우리에게
더 자세한 설명은 해주지 않았다.

아빠가 곧 죽는다.

아빠가 곧 죽는다.

아빠가 곧 죽는다.

121

아빠가 곧 죽는다.

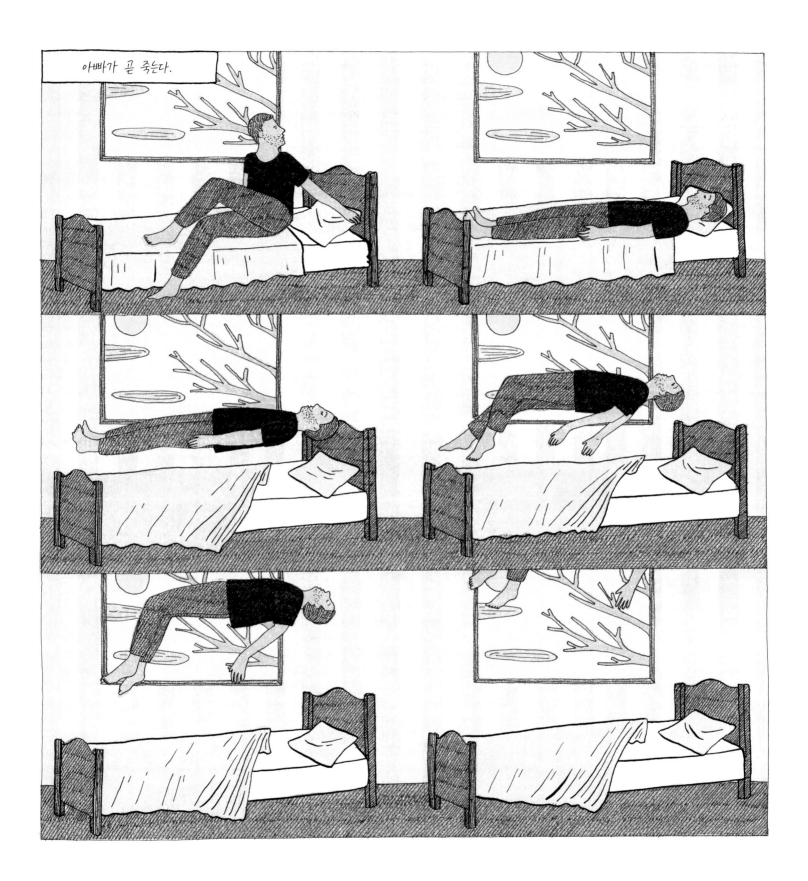

나는 이 선고에 몹시 충격을 받았다.
고약한 팔자는 우리 가족에게 들러붙어 떠나지 않았다.
나는 순진하게도 누구에게나
불행은 공평하게 주어지는 거라 믿어왔지만,

이 새로운 시련은 천부당만부당하다고 느꼈다.
우리 아빠는 이미 온갖 조치를 받았고 이제 더는 병이
깊어지지 않을 줄 알았다. 불현듯 나는 고통이 카드처럼
순서대로 골고루 분배되지는 않는다는 것을

뼈저리게 깨달았다.
그게 아니면, 패를 나눌 때 속임수가 있었으리라.
아빠는 거짓 패를 너무 많이 받았다.
나는 누가 게임의 주재자인지 궁금했다.

누구에게 말을 해야 속임수를 확인하고
카드를 다시 섞으라고 명령해줄지, 나는 정말로 알고 싶었다.
나는 죄를 물을 상대를 찾아야만 했다.

희한하게도 이 책의 작업에 들어가면서부터 불행이 깨어났다. 맨 앞 몇 장에 나오는 아빠의 병든 허파를 그리고 있다가 흰옷 입은 사람들에게 아빠 병이 재발했다는 소식을 들었다.

마치 내가 아빠의 암을 도로 불러들이기라도 한 것처럼 말이다. 아무것도 그리지 않았을 때는 아빠 병에 차도가 있었다. 그런데 작업을 시작하자마자 병세가 다시 나빠졌다.

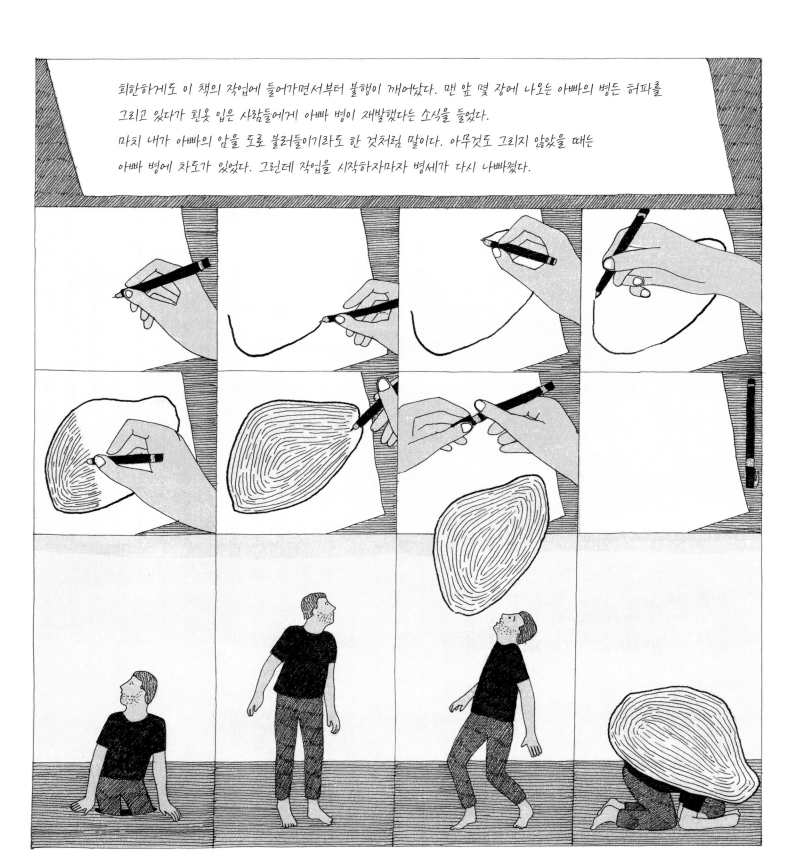

내가 모든 것을 되돌려버린 기분이 들었다. 똑같은 시나리오의 재탕이었다.

내가 과거를 기억하고 책을 쓰기 위해서 이런 반복을 겪을 필요는 없었건만. 나는 기억력이 좋았다.

아빠가 고맙게도 똑같은 장면을 연기해줘서 내가 메모를 할 수 있었던 건 좋았지만 솔직히 필요는 없는 일이었다.

책이 어떻게 끝날지는 나도 몰랐지만 누가 꼭 끝을 정해줄 필요는 없었다. 내가 상상했던 끝은 이런 게 아니다.

나는 글쓰기 과정 중에 끼어든 흰옷 입은 사람들이 못내 원망스러웠다.

이 마지막 페이지가 어떤 얘기를 해야 하는지 누군가가 귀띔해줄 필요는 없었단 말이다.

나는 훨씬 더 나은 결말을 찾을 수 있었다.

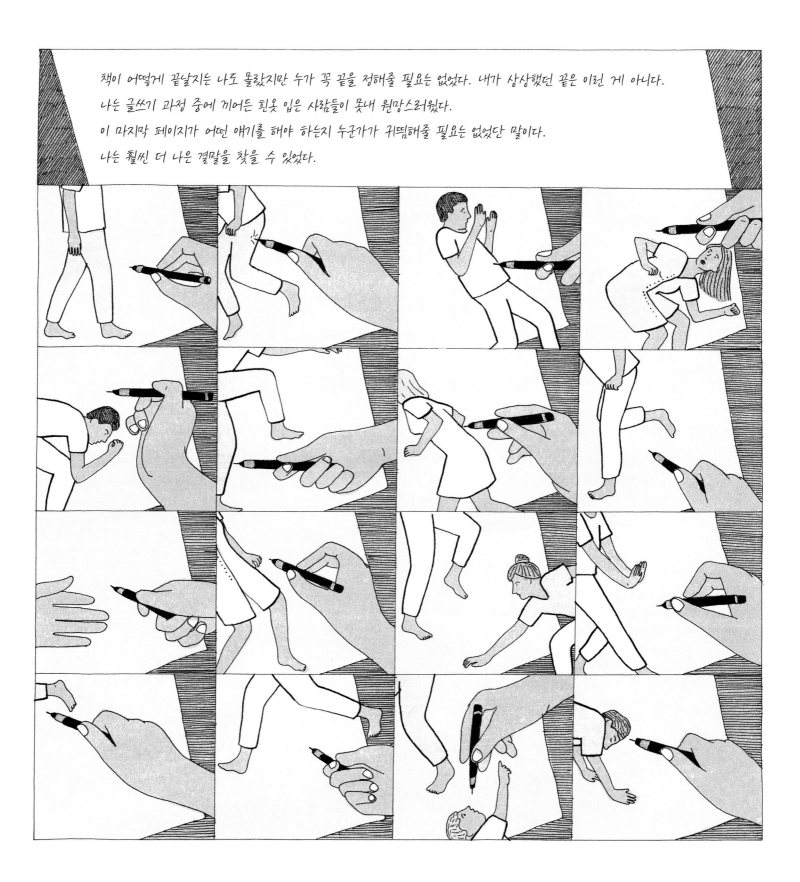

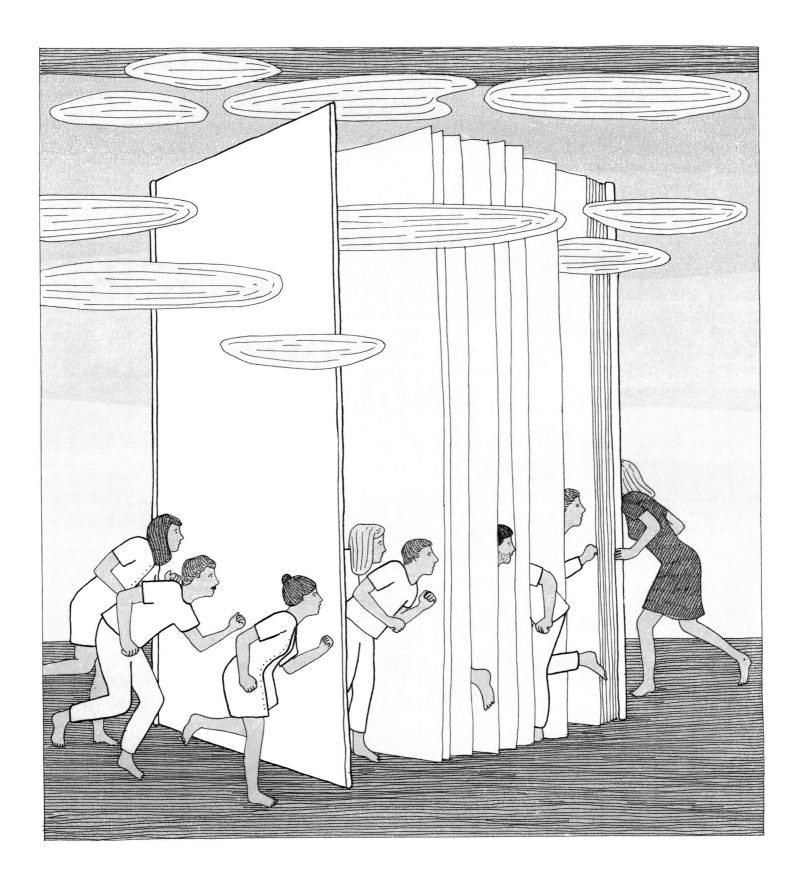

아빠는 자기 차례를 기다리고 있었다.
몇 시에 아빠를 부를지는 아직 몰랐다.
예정표가 그렇게 자세하게 나와 있지는 않았다.
상당히 엉망진창이라는 느낌을 주었다.
아무도 누가 다음에 나갈 차례인지 몰랐기 때문에
다들 스트레스를 받았다.
아빠와 함께 복도를 지나갔다.
아빠 방은 별로 크지 않았고 당장은 어떤 미용사도
감히 나타나지 않았다.

모든 게 이리도 무질서하다니
참 희한했지만 굳이 그런 말을
입 밖으로 꺼내고 싶지는 않았다.
아빠는 이미 잔뜩 긴장하고 있었다.
아빠에게 아주 중요한 순간이었다.
우리는 아빠를 안심시키고
기분을 바꿔주려고 그 자리에 동행했다.
나는 아빠가 겁먹지 않도록
농담을 몇 마디 건넸지만
아빠의 미소를 볼 수는 없었다.

박수 소리가 나자
이제 아빠가 가는 건가 싶어 불안해졌다.
그와 동시에, 나는 아빠 차례는
좀 더 빨리 지나갈 거고 아빠의 기다림은
덜 고통스러울 거라고 생각했다.
복도에서 우리 주위 사람들은 모두
그들이 곧 완성해야 할 할당표에만
정신이 팔려 있었다.
그들의 스트레스가 이해가 갔고 그 장소가
정말 특수하다고 생각했다.

아빠도 불안해했다.

엄마는 아빠에게 걱정하지 않아도 된다고, 다 잘될 거라고,

아빠는 준비가 다 됐다고,

이런 장면이 벌써 5년 가까이 반복되지 않았느냐고 말했다.

나도 옆에서 거든답시고, 다른 사람들은 아빠보다 나이도 많고

아빠만큼 재주가 뛰어나지도 않은 것 같다고 말했다.

아빠는 벌써 연락을 받기에는 너무 젊었다.

그건 아빠가 자격이 있다는 반박할 수 없는 증거였다.

오빠는 무슨 일이 일어나든

아빠를 자랑스럽게 생각할 거라고 했다.

그러나 아빠는 이 대화에 마음을 열지 않았고

우리가 하는 말이 거의 들리지도 않는 것 같았다.

아빠는 집중할 수 있도록 우리가 조용히 해주기를 바랐다.

나는 아빠를 껴안고 힘내라고 손을 꼭 잡아주고 싶었지만

아빠는 다른 사람과 살을 잘 맞대지 않는 편이니

괜히 난처하게 할 것 같아서 참았다.

그 시간이 영원히 끝나지 않을 것처럼 느껴졌다.

주재자가 아빠를 잠박 빠뜨린 게 아닌가 생각했을 정도로.

아무 정보도 없이 그러고 있는 건 고문이었다.

사람을 그런 식으로 기다리게 하면 안 되는 거다.

상황은 아무렇게나, 되는 대로 돌아갔다.

내가 아빠였으면 이미 오래전에 인내심을 잃었을 거다.

135

나의 부모님, 오빠, 오귀스탱에게.

Cet ouvrage a bénéficié du soutien des Programmes d'aide à la publication de l'Institut français.
이 책은 프랑스문화원의 출판번역지원프로그램의 도움으로 출간되었습니다.

La Tendresse des pierres

마리옹 파욜 marion fayolle

1988년 5월 4일에 태어나 프랑스 아르데슈 주에서 자랐다.

2006년 스트라스부르에 있는 장식미술학교에 들어가 2011년 6월에 학위를 취득하고 일러스트레이터 작업실에서 일했다.

작업실 동료 마티아스 마링그레, 시몽 루생과 함께 만화 및 일러스트 잡지 「닉타로프 Nyctalope」를 창간했다.

저서로는 「관계의 조각들」, 「어떤 장난」, 「사랑도 보류가 되나요」, 「그림」, 「돌의 부드러움」이 있다.

마리옹 파욜은 현재 프랑스에서 가장 주목받는 일러스트레이터 중 한 명으로 「21세기」, 「뉴욕타임스」, 「텔레라마」, 「파리 옴므」, 「프시콜로지」, 「푸딩」 등 여러 언론 매체에 일러스트를 싣고 있으며, 2014년에는 프랑스 패션 브랜드 코텔락 Cotélac과 협업하며 활발하게 활동하고 있다.

이세진 옮김

서울에서 태어나 서강대학교 철학과를 졸업하고 동 대학원에서 불문학 석사 학위를 받았다.

현재 전문 번역가로 활동하고 있다. 「관계의 조각들」, 「천상의 비벤덤」, 「아름다운 어둠」,

「발작」, 「설국열차」, 「숲의 신비」, 「곰이 되고 싶어요」, 「회색 영혼」, 「유혹의 심리학」, 「나르시시즘의 심리학」,

「반 고흐 효과」, 「욕망의 심리학」, 「슈테판 츠바이크의 마지막 나날」, 「길 위의 소녀」,

「돌아온 꼬마 니콜라」, 「뇌 한복판으로 떠나는 여행」, 「수학자의 낙원」, 「꽃의 나라」,

「세바스치앙 살가두, 나의 땅에서 온 지구로」 등을 우리말로 옮겼다.

돌의 부드러움(원제:La Tendresse des pierres)

1판 1쇄 2020년 5월 28일 | **지은이** 마리옹 파욜 | **옮긴이** 이세진
발행인 주정관 | **발행처** 북스토리(주) | **주소** 경기도 부천시 길주로 1 한국만화영상진흥원 311호
대표전화 032-325-5281 | **팩시밀리** 032-323-5283 | **출판등록** 1999년 8월 18일 (제22-1610호)
홈페이지 www.ebookstory.co.kr | **이메일** bookstory@naver.com

ISBN 979-11-5564-205-4 03860 | ※잘못된 책은 바꾸어드립니다.

이 도서의 국립중앙도서관 출판시도서목록(CIP)은 서지정보유통지원시스템 홈페이지(http://seoji.nl.go.kr)와
국가자료공동목록시스템(http://www.nl.go.kr/kolisnet)에서 이용하실 수 있습니다.
(CIP제어번호: CIP2020018496)